接接在日本4

ジェ ジェ イン ジャ パン ヨン

大王駕到！
台日男女大不同

接接JaeJae
圖・文

特別收錄

接接第4集出版啦！

非常抱歉…

真的讓 各位等超久了～～
萬分抱歉！！！

《接接在日本》終……於出版第4集了！
首先，要向苦苦等候許久的讀者大人們深深磕頭謝罪，
真的讓大家久等了～～

到底為什麼拖了這麼久才出呢？
雖然不能當拖稿的藉口……但還是跟大家更新一下在下最近的日常生活。
（希望各位看倌能消點氣啊？啊啊～）
去年換了一個挑戰性較高的新工作，
一開始新工作後，生活也跟著大轉變，從此陷入工作地獄深淵……

新工作讓平常就沒在用的小腦袋瓜過荷
每天都腦袋冒煙處理不完…

經常是三更半夜回到家，腦袋身體同時自動關機，倒地不起。

大概是太累睡著，每天的記憶裡，都沒有回到家後怎麼了……

隔天驚醒，也顧不得家裡的兩個小孩（內疚），匆匆忙忙又直奔去
賣肝了。

於是……出版的日期就被小的一再延遲，
在此向各位讀者大人、編輯大人、美編大人、行銷、業務、通路等
等等各位大人深深致歉，感謝一再的包容小的各種狀況（面壁反
省），讓第四集克服萬難終於呈現在各位眼前啦！！（鏘鏘鏘～）

特別感謝還是一直支持愛護在下的各位讀者大人，真的是因為有你們的
鼓勵跟喜愛，才能夠持續創作下去，謝謝你們！

衷心感謝
各位讀者！

謝謝大家的
支持與鼓勵！

也萬分叩謝
編輯制作的各位大人
有大家幫忙才有
此書的誕生！

附上假日趕稿的照片跟大家分享～

在筆記本裡構思跟打草稿……
（宇宙在旁邊亂XD～）

在繪圖板上畫圖跟寫字，
為了這塊鐵板噴了超多小
朋友的（汗）。

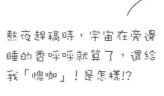

熬夜趕稿時，宇宙在旁邊
睡的香呼呼就算了，還給
我「慷咖」！是怎樣!?

安靜的假日夜晚，疲憊浮腫的雙眼突然感覺到洋蔥啊……

為了跟草圖比對，買了便宜的ipad立架，把筆記
本架在繪圖板旁邊，
但完成時老是跟原來的草圖完全不同，
我想我一定有人格分裂症！（或根本欠揍症?）

在這集裡，記錄了大王在台灣留學時遇到的事件，
藉由大王的角度，看到不一樣的台灣面貌。
還有「台灣&日本男女生大不同」的新主題，
以及特別收錄之前跟網友們互動而發生的「一萬讚事件全紀錄」等等……

希望大家 會喜歡！

請盡情享用～

台灣日本 男女大不同

最近回到台灣，某次跟一位台灣人工作中的LINE內容：

閃～ ◇ 閃～

好,我晚點回信.
先去載女友下班。

‧‧‧‧‧‧

工作中被情侶閃光彈閃到
的 怨 魂

好怨啊～

拋開情人去死去死怨念，冷靜想想，發現日本跟台灣比較起來，
台灣的男人對女友或老婆，實在是比日本男體貼多了！

一般台灣男兒對女友或老婆的體貼之處：

1. 愛 心 接 送 女 朋 友 ♥

不論開車或騎車,
台灣男兒多半都会
愛心接送女朋友,
兼具保護安全及約会。

2. 会 女 友 優 先

LADY
FIRST 🔒

会幫女友提包包、
開門讓女生先走,
体貼也尊重女生。

3. 会 照 顧 女 友 生 活

為女友買早餐、買晚餐、
生理痛時買紅豆湯、
照顧女友的日常生活。

在日本文化裡，女性的愛情表現是容忍與奉獻，以大男人為主，小
女人為美德。

日本：男尊社會

台灣近年則是男兒負責犧牲奉獻，女孩們很有自己的主張跟想法，
以大女人為主的小男人，是新好男人的象徵。

台灣：女尊社會

日本大男人的愛情表現是：「妳閉嘴，聽話跟著我就對了！」
這樣是有氣魄，有男子氣概。

但是，在台灣叫女人閉嘴的話，大概是這種狀況：

因為大男人跟大女人，文化基本盤差別太大了，造就出台灣、日本
男女在理想藍圖的規劃上也有很大的不同：

 日 本 女 孩

夢 は 花 嫁 さ ん に な り た い で す❤

我 的 夢 想 是 當 新 娘❤

愛 就 是 支 持 與 奉 獻❤
(典 型 代 表 為 半 沢 直 樹 他 老 婆)

 髮 型 柔 柔 軟 軟 的
 服 裝 柔 柔 軟 軟 的
 鞋 子 站 不 穩 的 高 跟 鞋
 動 作 沒 自 信 的，謙 虛 的
 專 長 料 理 像 小 動 物 般，柔 弱 讓 男 兒 想 照 顧 的 感 覺❤

日 本 女 孩 的 理 想 目 標

溫柔善解人意，像半澤直樹的老婆，以男人為主的好女人典型。

- -

台 灣 女 孩

と に か く 強 い !! 總 之 很 強 !!

 髮 型 強 健 自 然 風 髮 絲
 服 裝 活 動 力 強 T 恤 短 褲
 鞋 子 能 跑 能 跳 休 閒 鞋
 動 作 自 信 的、強 勢 的
　　　　 專 長 賺 錢

自 信 力 強、自 尊 心 高、不 比 男 人 弱 !

耶！

愛 賺 錢。

台 灣 女 孩 的 理 想 目 標

有自信的、獨立自主，能力一點也不輸男人的女性。

日 本 男 兒

男人就是要堅強!

認真. 謹慎. 寡言.

不擅長表達內心情感→

髮型 有型.

服裝 会注重搭配

專長 工作. 工作. 工作!

重要時刻会很正経. 有種可靠感

男人是一家之主. 有養家的責任. 所以工作第一

日本男兒的理想目標
男人就是認真、慎重,有擔當,不輕易流露感情的!

台 灣 男 兒

対女生体貼. 也会跟女生談心

男人就是要体貼女生啊~

髮型 偏短髮型. 自然風為主

服裝 輕鬆. 休閒. 舒適

專長 模型. 動漫電玩. 拍照...
花錢. 花錢. 花錢!

愛花錢

台灣男兒的理想目標
男人就是體貼女生,平常個人的興趣比生命還重要,愛花錢。

日本人的大王家，算是滿傳統的大男人家庭，男人主外，女人主內。大王的娘是兼具愛與包容力，非常有傳統美德的日本女性。

很常見的大男人日本家庭，家事一切交給妻子，連添飯都是老婆來。

而在我們家，大概是老爸太不長進、老是出包，老媽反而是一家的支柱，掌握主權的是我家阿母，而且從小就被教著女人要靠自己，不是靠男人的大女人教育……

很常見(?)的台灣大女人家庭，經常在教訓老公…

在這樣大女人跟大男人完全不同觀念的教育下成長的兩人，結婚
後，經常發生大男人VS.大女人文化的衝突——

某個冬天的假日，兩個阿宅和樂融融窩在家裡看電視……

因為暖桌好暖活，覺得有點熱。

呼～暖桌好熱～
脫掉襪子好了...

但是要放衣物的洗衣籃，得走到浴室那邊去，對懶人來說實在是個
考驗……

一向活得非常怡然自得的在下，想也沒想就隨手一丟……

讓大男人的大王爆跳如雷，當時兩人都不知道原來彼此對大男人和
大女人的觀念非常不同，跟大王認真的辯論了一整個下午……

一直到住日本幾年後，慢慢才知道，原來整個大男人文化，對女性
不是壓抑，反而對女性特有的美德是很讚揚的風氣，在下也看了相
關書籍想說長點知識。

無奈腦袋不長進，有看沒有懂，目前還在龜速緩慢吸收中，
還請大王多多包涵了……

台灣日本男女大不同
理想追求篇

前面簡單地和大家提到，關於日本與台灣男、女生的不同。

為什麼國籍不同而已，差別卻這麼大呢？

原因是從小的環境及教育觀念不一樣，對於「男、女生的理想」追
求，有太大太大的不同了！

對於 男 女 理 想 的大不同！

日本女生的理想，當個：

賢 內 助 好 老 婆

家庭第一

所以要：

溫 柔

賢 慧

日本女生的理想是當個「溫柔賢慧的好老婆」。

日本男生的理想，則是當個「為事業打拚」的好男人。

反觀台灣男生，是以當個「為家庭打拚」的好男人為理想的目標！

最有趣的是台灣女生的理想。
可能因為從小媽媽的叮嚀，比起當個顧家老婆，更理想的是以當個
「會為自己打算、獨立自主的女性」為目標。

台灣女生的理想.當個:
有 想 法.會 為 自 己 打 算 的女生.

所以要:
獨 立
堅 強

告非自己第一

在台灣，理想的女性是：成為凡事都能夠靠自己，不依賴的女人！

仔細想想，還真的耶……
實在是很耐人尋味的現象～科科科～

隨機訪問了一下身邊的日本與台灣朋友們，各自比較喜歡哪一種男
生、女生呢？

首先問了日本朋友，還是單身的可愛R小姐──
為事業打拚的日本男人與為家庭奮鬥的台灣男人，比較喜歡哪一種呢？

隨後嬌滴滴R小姐立刻問了這個超犀利的問題：

跟日本人婚後女性是走入家庭的觀念不同。台灣女生婚前、婚後，
一樣是要想辦法活下去的……（不自覺的道歉了………）

再來問到台灣朋友的 N 小姐，她也是單身，一樣腦袋很精明，覺得
實際生活時相處要合得來，男生可以體貼，注重家庭比較重要。

接下來問到日本朋友 K 君，雖然還是學生，到台灣旅遊過，對台灣
的印象是：

最後，逮到很愛聊天的台灣男同事，問他日本女生跟台灣女生，會
比較喜歡哪一邊，他說：

台灣日本男女大不同
你是哪一型？

前面提到日本跟台灣男女生基本盤的不同，各有各的優缺點，
簡單分為「日本型」、「台灣型」，還有……看下去就知道了～（笑～）

首先來看看日本型VS.台灣型女孩
妳是哪一型女孩呢？

台日大不同
日本型vs.台湾型女孩篇

日本型女孩
温柔等待犬系女

今天忙嗎？吃飯了嗎？

像小動物般柔弱
讓男兒想照顧的感覺♥

柔弱有如小動物般、讓人忍不住想照顧的日本型女孩。

還是刀子口豆腐心，傲嬌的台灣型女孩？

或者是，一到假日就滾來滾去，懶到發霉的「國際共通型女孩」
呢？（在下絕對是這一型無誤～）

男人也可分為日本型和台灣型。
大家覺得哪一型比較好呢？

硬派作風，日本型男人：

日本型男人

硬派內斂 傲驕男

男人就是要硬派主導！

認真、謹慎、寡言，
不擅長表達內心情感

比較起來溫柔多了的台灣型男人：

台灣型男人
溫柔守護型暖男

男人就是要体貼女生啊～

对女生体貼照顧，
也会跟女生談心、耐心傾聽。

国際共通型男人
廢到掉渣 宅宅男

希望大家的男人不會是這一款的啦～嘆……！

台灣型男友溫暖細心、日本型男友傲嬌冷酷、國際共通型「殘念」，相處起來時，大家的男友又各是哪一型的呢？

P.S.

殘念：遺憾、可惜的意思。

例：
這位主婦做的菜
——如往常的**殘念**啊！

當女生生理痛，痛到無法忍受的時候，你的男友會是怎樣的反應呢？

還真的很常見台灣型男友，貼心的照顧女友生理時期的說～

日本的話，畢竟比較大男人觀念，不大會拉下面子照顧女生生理期間的需求呢！

日本型男友

呦し～

每次來都很煩！

吃這個啦！

(才不是特地幫妳買的
市面上最有效的止痛藥!)

傲嬌式關心

不過，再怎樣大男人愛面子，也勝過這傢伙就是了……

國際共通型男友

寶貝我肚子好痛…

哇靠！

……算了(哭)

熬夜玩遊戲到早上

晚身
大概是宵夜?

衣服亂丟～

ZZZ

後！

需要關心的是他的樣子…

再來看看，平時LINE的時候，男友是哪一種用語的呢？

一般台灣男生比較頻繁關切女友：天氣變冷、有沒有吃飯、還在加班嗎？
內容偏向關心日常生活。

台灣型男友

♥台灣型男友

早安～

天氣變冷了，多穿一點喔！

• 経常噓寒問暖

• 會使用可愛貼圖

• 細心提醒

溫 暖 關 心

日本男生則比較酷酷的，用字也比較不會太裝可愛。（大部分啦～）

日本型男友

♥日本型男友

> 今天擦了你送的香水好香喔
> 有點想你...

- 工作第一.
  下班才会聊
- 不使用萌貼圖
- 用字精簡

3小時後
> 專心上班

傲嬌內斂

老話一句，
再怎麼樣還是比咱家國際共通型的慘烈狀況好多了～～（>_<）

国際共通型

我不是你娘！
自己處理啦！

♥国際共通男友

> OK

- 約2个月1次line
- 關心？
  那是什麼
  能吃嗎？

2個月後
> 喂 家裡有蟲！
> 妳回來再處理吧
> 順便買我的晚餐

- 只有生活雜事

誤把情人當老媽？

最最最後，兩個人相處起來的距離感，在台灣跟日本的狀況也不大
一樣，看看妳是屬於哪一種呢？

相處起來關係密切，家人、朋友幾乎共通的台灣型情侶：

相對之下，相處起來會比較注重個人空間，保持一點點距離感的日
本型情侶：

最後是咱家國際共通型再度登場：

雖說國際共通型很自在就是了，但可以滾來滾去其實很自由的啦～
哈哈！

東京下雪啦

在日本第一次碰到下雪，是在寒冷的冬天裏，連續下著細雨不斷的
某一天——

一如往常，在日語學校被文法轟炸後的下課途中...

動詞使役形　　　受身形

使役受身形　　　自動詞

意志動詞　　　無意志動詞

本來飄著細雨，突然有什麼東西打到雨傘上發
出沙沙沙的聲音——

抬頭一看……

但是跟想像中好像會輕飄飄的雪又有點不同，比較像「咻咻咻」從
空中掉下來的「剉冰碎片」。

跟日劇裏浪漫的緩緩飄下雪花 差 很多啊～
比較像被剉冰狂打，一點也不浪漫啊？

又濕又冷的（接近零度的冬天），回到家趕快泡熱水澡恢復體溫。
想說，奇怪！真正的下雪怎麼跟電視裡看過的不大一樣？

漫天紛飛的雪花♥
（不是應該像這種的嗎？）
也　　哇♥

哈啾！

冷…冷…冷……冷死了啦～～

後來大王下班，一進門就興奮的說：

欸，下雪了！出去看雪吧！

啊，我剛剛已經…

←冷死了，包在棉被裏

我從暖桌爬出來，跟著大王到屋外一看，街道的風景已經跟下午不同，路面、屋頂、車頂上都積了一層白白的雪。

從下午下雪到晚上，街景都是積雪

哇！真的是下雪耶！

在夜晚看到，實在很夢幻！

夜晚的雪景

想起下午的剉冰雪，於是和大王說：

我還以為下雪 会像 雪花一樣, 慢慢飄下来的説...

喔,因為這是 "東京"的雪啊!

忍不住脫下手套 抓把雪球玩 →

我覺得你等下会後悔...

（因為脫手套玩雪玩太久,後來凍得眼淚、鼻涕直流! 才知道,這真是個蠢行為～）

 等等.   東 京 的 雪 ? 下雪還有分地點而不大~樣的嗎?

原來是：

東京的雪，含水量較多，所以比較重，下的時候比較像下雨那樣是
趴噠趴噠的。

像北海道的雪，含水量少，下雪時就像爽身粉那樣，會飄飄的很漂亮。

北海道輕飄飄的雪花，應該就像日劇裡看到的那樣，雪花紛飛亮晶晶，

但東京的雪就只像「剉冰的碎片」，啾啾啾的從天空掉下來，在東京遇到下雪，心情上比較像遇到大雨，因為又濕又冷地面又滑，跟想像中輕飄飄的雪花完全不同！

東京下雪時拍到的照片：

下到冰的
山手線車站

下著到冰的天空

路面積雪只會有
薄薄一層的東京

有機會一定要體驗一下世界絕景的雪地，
尤其是一邊泡溫泉一邊看雪，會有多麼享受啊～～

一定要親身體驗過一次的感動～

味噌湯 大不同

在日本定居後不久,開始學著洗手做羹湯。

(從來不會做菜,可怕的料理程度接近毒死人無差別的殺人魔等級……)

在新宿的超迷你哈比人家中

料理殺人魔今天要做

炒飯
+
味噌湯!

嗯抖～

冰過的白飯、
醬油、蔥……

一般照著食譜按部就班、加油加醋,大概也就八九不離十了。
可殺人魔不是一般人,常常不照著食譜來,途中創意百出、花招源
源不絕,再加上笨手笨腳……

所以光是簡單的炒飯跟味噌湯，那天就差點靶廚房都炸飛了——

還好趕在大王下班到家前一刻，剛剛好可以端上桌……
（下午3點就進了廚房——天才啊～@@一直到晚上7點才搞定炒飯
+味噌湯……各兩碗……）

大王才嚐了一口，立刻噴出……

何これ！ まずい〜
（這三小！難吃死了〜）

啊！！你幹嘛啦！

嘔噁噁！！

嘔噁噁是怎樣！

嘔噁！炒飯難吃死了！
還有這是什麼！

味噌湯啊！
還能是什麼〜

妳想殺了我嗎〜

老娘再也不煮啦！

51

……是的……料理殺人魔忘記做菜時「要・試・味・道」這個基本
概念（一切憑直覺！）
那天的料理自己嚐了幾口，為了面子勉強吞下腹……
自己吃掉炒飯跟湯後，難吃到衝去廁所吐。
（胃大概嚇了很大一跳～胃痛很久←因為難吃引起的胃痛，所以沒
臉去看醫生……）

撇開料理很糟這個大缺陷，
大王說，那天的料理最失敗的就是那碗「味噌湯」！

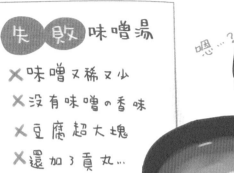

失敗 味噌湯

✕ 味噌又稀又少
✕ 沒有味噌の香味
✕ 豆腐超大塊
✕ 還加了貢丸...

味 噌 稀

後來讓大王在旁監視煮味噌湯，一邊煮一邊讓大王驚呼不斷！
原來，我的味噌湯錯誤百出啊……

味噌湯
要這樣！

正確 味噌湯

○ 味噌濃
○ 保有味噌香味
○ 食材大小均等

味 噌 濃

加入味噌時，正確的作法是先在湯杓內用筷子快速攪拌，讓味噌溶解後才能倒入鍋內。

（挖一坨直接丟進去，好像會讓日本人腦中風的樣子……）

攪拌化開後
才入鍋。

照大王的指導，攪拌著加入味噌後，想說這樣應該差不多OK了吧!?
想不到，還是犯了味噌湯大忌……

原來一旦加入味噌後，就要把火關掉～絕不能讓湯沸騰！
原因是沸騰的話，味噌的香氣會飛散淡掉。

好不容易將味噌湯端上桌，喝湯總沒事了吧？
想不到又犯了一個味噌湯大錯誤……

在日本喝味噌湯用湯匙的話，一看就知道是外國人。
據說，日本只有三歲小孩才會用湯匙喝味噌湯。

大王的是正確的喝法（吃相端正一點就好～）

一手拿碗、一手拿筷子，用筷子夾食材。

一直到最近帶大王回到台灣，某天去吃涼麵配味噌湯。
簡直嚇壞大王……

台灣貢丸味噌湯！

台灣式味噌湯

為什麼是甜的!?而且好淡～
為什麼大家都用湯匙喝!?
為何亂加奇怪的丸子!?

(日本沒有"貢丸")

驚!!

後!

你小聲點啦！貢丸味噌湯在台灣很正常啦！

國際結婚的困擾，家鄉味真的差很多！

台灣的味噌湯大多使用口味較甜的白味噌，有的地方還會加糖，所以湯頭比日本甜很多，而且偏淡。
有些店家還會在湯中添加貢丸等其他食材，不過好像會讓喝慣味噌湯的日本人很震驚……

不過，比起正確什麼的，還是家鄉味最棒了啊！

因為是台灣味啊！

稀稀的貢丸味噌湯也很讚呀～

57

宇宙小劇場

宇宙愛親親篇

① 宇宙很親人,每天回到家都會跑過來親親,

我回來了～
啾 咪～
溶化～

② 大王回到家,宇宙也會迎接親親,

ただいま～
我回來了～
宇宙ちゃん～
啾 咪～

③ 連客人來訪,宇宙也會很大方的要親親.

嗯?什麼?
啾!
一呀

④ 三不五時,宇宙也會跟自己的屁屁親親...

舔
不要啊～
跟屁屁間接kiss了啦～

日本的冬天

日本的冬天超冷的！東京在冬天最冷時，差不多接近零度。零度耶～
在寒冷的日本冬天，首先最棒的體驗一定要說一下暖桌。

跟暖桌渡過第一個日本的冬天後，
就再也離不開它了…

暖

暖

暖

暖桌我愛你～

冷爆的冬天待在暖桌內，
真是至高的享受～

怕冷的在下，一到了冬天，簡直片刻離不開暖桌，可以說成為暖桌
廢柴一族也完全不在意的啊……

一般日本家庭都會有暖桌。後來才知道，除了常看到的傳統日式矮
暖桌之外，原來還有「餐桌型暖桌」，高度和一般桌子差不多高，
適合給西洋式家庭使用。

伝統型暖桌
高度低於膝蓋

餐桌型暖桌
一般西式餐桌高度

然後還有「書桌型暖桌」，這個在下我就有心動啦！
覺得冬天在電腦前可以溫暖腳丫子，簡直太棒了～

書桌型暖桌
冬天打電腦再也不會腳冰冰！
(夏天時可將
棉被收起來)

有了這張暖桌,考試都考一百分!
稿件不再天窗·編輯讀者笑呵呵(暖桌絕無此效果..)

最近不經意的發現，居然還有這種暖桌組合——（驚～）

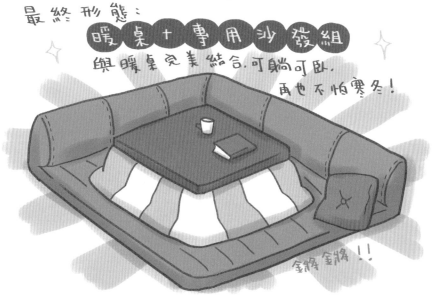

最終形態：
暖桌十專用沙發組
與暖桌完美結合.可躺可臥.
再也不怕寒冬！

金將金將！！

「暖桌與專用沙發組」，結合沙發與
日式坐墊，可靠背也可躺臥，與暖桌完美結合了起來！！！

人生夢想是當米蟲的人
看到電視裡終級暖大暖桌沙發組的瞬間

...終於.

一眼看到這個終極暖桌沙發，
立刻感到像是終於遇見命運中
注定的人一樣，覺得……
對啦～就是這個！
我好像等待一輩子了……！

（認真XD～）

等到你了

完完美啊～

軟～

掉

嗯！

※美顏相機×8次後效果畫面

這種讓廢柴在下心神嚮往的暖桌沙發，據說購買前要三思，因為它
會「讓人忍不住廢掉」！
嗯，可以在暖桌裡睡覺的話，很難保有奮發向上的理智啊！

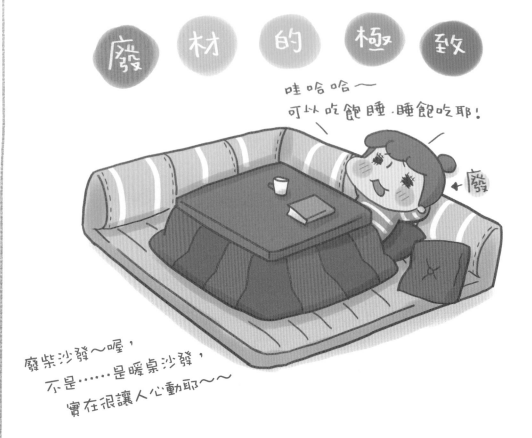

廢 材 的 極 致

哇哈哈～
可以吃飽睡．睡飽吃耶！

← 廢

廢柴沙發～喔，
不是……是暖桌沙發，
實在很讓人心動耶～～

雖然很想一直待在暖桌裡廢，但總有得滾出門的時候，光是離開暖
桌就夠冷的，一出家門更是凍到眼淚、鼻涕直流……

哈啾！

接近零度是連眼球都感到冰冷，
一直掉眼淚的極寒啊！

從小在台灣長大，沒遇過這麼冷，只知道，總之就是猛穿，能穿幾層就是幾層，於是一開始在冬天出門時，是穿成這樣：

後來發現實在太天真了……這樣的冬季穿著，該保暖的部位沒穿到，走在接近零度的夜晚東京街頭，被冷風吹到很想死。

保暖的重點：血管越少的部位，就越需要保持溫暖。
需要保暖的部位：頭部、耳朵、腳丫子。
應該要穿戴的：能夠蓋住頭部跟耳朵的毛線帽or毛帽、保暖的鞋鞋跟保暖專用的襪襪。

再來發現的是：日本室內的暖氣好熱！

冬天的日本，不管是在餐廳、商店，還是電車裡，都有開暖氣。在下曾經因此熱到要脫掉厚重的外套，抱著厚重的羽絨衣，裡面的雙層衛生衣跟雙重褲子，悶熱到快中暑。

經過幾次失敗的經驗，才慢慢掌握到在日本的寒冬，要保暖又好活動的穿衣方式──那就是「外厚內薄」穿法，加方便收納脫下的圍巾、手套等小物用的包包，才是在日本冬天剛剛好的穿法：

冬裝重點：外 厚 ＋ 內 薄

厚外套　　　薄毛衣　　　方便收納的包包

耶！終於有點抓到訣竅！
冬天來吧！

マフラー
ウールコート
ムートン ブーツ

在寒冷的冬天居然穿短褲短裙！←

然後，在這種天寒地凍的日本冬天，我居然看見日本的學生穿成這樣——

就連亞熱帶的台灣到了冬天，學生也是穿長袖、長褲來著，為什麼日本的冬季制服卻是短褲、短裙呢？

雖然在日本卡通或動畫裡看過，但是在這種天殺的寒冬裏，看到還真的穿成這樣單薄的日本學生們，實在有震驚到！

問了一下才知道原因，覺得實在太敬佩這個國家了！
原來是為了「鍛鍊小孩」！！

在日本有個說法：「子供は風の子、大人は火の子。」
意思是：小孩是風之子，大人是火之子。

子供は風の子

小孩是風之子

在天寒地凍的下雪天，
小孩們也在外頭玩耍，一點也不怕冷。
就像是寒風的孩子一樣。

在寒冬下雪天裏，小孩們也在外頭嬉鬧遊玩，一點也不怕冷，簡直像是寒風生的小孩一樣。
反觀大人們則是聚在屋內火堆旁取暖，怕冷成那樣，簡直就像火的孩子。

大 人 は 火 の 子

大人是火之子

大人則聚在屋內生火取暖.
就像火的孩子一樣。

因為有這樣的典故，後來也有證明小孩本來就活動力高，比較不怕冷，於是為了鍛鍊小孩有強健的體魄，所以希望讓小孩從小就習慣寒冷，所以在冬天，反而是讓孩子們穿短褲短裙。跟中華文化裏，冬天小孩要包的跟粽子一樣，是完全相反的耶～

寒 冬 強 者 日本女子！

當我還在佩服日本教育的本意時，再度看到下巴要掉下來的一幕，在接近零度的寒冬還能穿著短裙趴趴走。

P.S.這不是秋天的穿著喔，
是零度的冬天裡喔！！！！

在心中肅然起敬啊！
日本女孩太強了～～

外套不会扣緊緊. 穿短裙! 太強惹!

新年大不同

冬天最重要的時令就是「新年」啦！！
先歡喜的跟大家說聲：新年快樂！新的一年也請多多指教啦！

這篇要來聊聊，台灣跟日本新年由來的大不同。
先來說台灣這邊的過年由來，源自於中國的民間傳說大致是這樣的——

太古時期，有一種叫「年」的猛獸，平時隱居在深山中。據說，年獸每隔365天會趁夜深下山，到人類居住的村落大肆作亂，吞食牲畜傷害人命，等到雞鳴破曉才回到山中，繼續潛伏，等待下一年再大飽口福。

村落的居民算準了年獸下山的週期為365天，這每365天來臨的可怕夜晚，叫做「年關」，家家戶戶到這個時候，都祈禱能夠平安度過這個「年關」。

傳說，年獸害怕火光，於是居民想出了一整套對策——

為了避免被年獸盯上，當晚各家戶內都點燃燭火，門口也貼上代表火光的紅紙，在這一個晚上，家家戶戶要提早做好晚飯，爐灶熄火，關好家畜，封緊門窗，然後全家安靜的團聚躲在屋裏，祭拜祖先保祐平安，並且一起吃「年夜飯」。

由於可能是最後一餐，所以盡量辦的豐盛，希望能夠全家平安度過這一晚。

← 貼 紅 紙
↙ 點 蠟火

家人聚在一起.關緊門窗

P.S.難怪某年在吃年夜飯時說要出門玩，被長輩臭罵了一頓……
原來是有不吉利的意思啊～～

吃過年夜飯後，由村內勇敢的年輕人們整夜燃放爆竹，希望靠火光及巨響，嚇走在附近的年獸以保護村人。

由於不知道年獸何時會來襲，大人小孩整晚都警戒著不敢睡覺，全家聚在一起，熬夜等待平安躲過年獸的侵襲。
而據說這就是在除夕這一晚，全家聚在一起熬夜守歲的習俗由來。

到了隔天雞鳴破曉後，知道平安度過這個「年關」了，村民紛紛到處互相祝賀平安無事，欣喜萬分。
流傳到現在，過了年關的元旦初一，成為親朋好友互相道喜問好的喜慶節日。

而到了日本，過新年由來又是怎樣的呢？

傳說中，在日本的新年元旦的早晨，出現第一道日出曙光時，掌管豐收的「年神」（又稱歲神、年德神）會從神明居住的高山降臨人間，帶來整年豐收和吉祥好運。
於是在元旦的清晨，人們會全家聚在一起等待日出，在最早的一道曙光出現時合掌祈福，歡迎跟感謝年神大人的降臨。

P.S.等等等等……為什麼日本版的過年開心明亮多了啊！
我們的民間傳說完全走重口味呀……(笑～)

傳說中，年神不喜歡髒亂，於是在除夕前，家家戶戶會大掃除一番，把家裏打掃到啵亮。也會沐浴清洗，把自己打理一番清新。

然後年神也不喜歡有邪氣的地方，所以人們會在自家門口掛上一種叫做「注連繩」的繩子，「注連繩」是將神的領域與人界區隔開來的結界繩，也能防止邪氣入侵，將注連繩掛於門上，代表這裡是神明降臨的神聖場所。

迎春掛飾： 注連繩

保佑 五穀豐穰、商売繁盛、家内安全

伝統型 注連繩　　　新型 注連繩

光是這樣還不夠——

日本人還會在在自家門口擺上大大的「門松」（かどまつ），引導年神光臨自己家。

因為松樹在日本象徵生命力、不老長壽以及繁榮，也有神明會依附在松樹上的說法。將這樣吉祥的松樹裝飾的很顯眼，希望吸引年神的注意，讓年神一眼就能看到，表示「年神樣，請來我們家喔！」的意思。

かど まつ
門 松

— 竹子：像竹子般健康成長

— 松葉：生命力、不老長壽、繁榮
吸引年神注意、
也是神明依附的地方

像這樣擺在門口兩旁、
吉祥招年神的含意

新年期間商家都會擺上門松，以求一整年的繁盛好運到。即使到現在，還是堅持傳統做法的門松，很有時代的風味。

門松越高大越氣派。百貨公司裡的
門松像這種，好有氣質喔～

下班都要經過的新宿LUMINE百貨，
是愛店之一呀～可惜口袋空空如也～

這個就是注連繩。
寫完這篇我終於也分別的出來了！
（喔耶～）

注連繩賣區，有大的小的各種選項。

那萬一年神降臨了，希望年神大人可以待久一點，那就要拿點吉祥又神聖的來招待年神呀！這個時候，就輪到招待神明吃的「鏡餅」（カガミ もち，日式年糕）登場了！

鏡餅看起來小小的、樣子圓圓的，非常可愛討喜。在下我多年來一直以為它只是裝飾有新年感的擺飾物而已，沒想到這小小鏡餅代表的意義可大了。

かがみ もち
鏡 餅 （日式年糕）

だいだい
橙 象徵世世代代家族繁榮。

もち
餅 堆堆疊疊圓圓滿滿的福德

鏡餅是長這樣的：

從上到下的物件，原來不是放好看而已，是各有含義的……

橙（現在也會用橘子代替）：因為發音是代代，代表世世代代都繁榮。

餅（日式年糕）：圓圓的兩個重疊在一起，代表圓圓滿滿一直堆疊，很有福氣的意思，日式年糕是日本傳統的吉祥祭祀物。

再下來是——

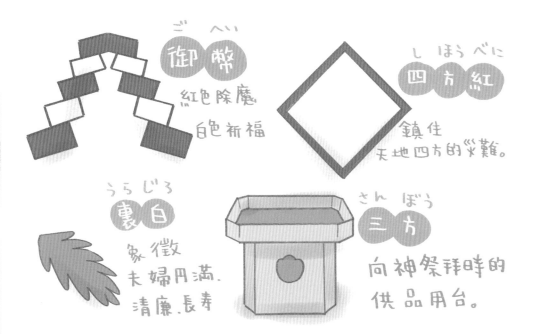

御幣（ごへい）
紅色除魔
白色祈福

四方紅（しほうべに）
鎮住
天地四方的災難。

裏白（うらじろ）
象徵
夫婦圓滿.
清廉.長壽

三方（さんぼう）
向神祭拜時的
供品用台。

御幣：紅白相間或白色的紙帶，在日本神社很常見到，有時當成祭祀神明時使用的道具，有時代表神明本體的神聖物件。

裏白：因為葉子的內面是白色，衍生內在是潔白的說法，也有一直到白髮都在一起的吉祥意思，代表夫婦白髮到老。

四方紅：鏡餅下方墊的紙，四邊有紅框，紅色在日本有去除邪氣的意思，四方紅則代表將天地四方的邪氣都擋住，不讓邪氣入侵的用意。

三方：祭祀神明時，盛放供品用的檜木製台座。

※698円＝200元台幣左右

新年前，一般超市會推出現成的鏡餅，
大家買回去擺就好了，很方便。

在歲神離開、過完新年後，日本家庭會把鏡餅敲開（不能說切開喔，因為想像到切腹，代表不吉利喔～），然後泡到水裏讓它變軟，再烤一烤，在冷冰冰的寒冬中煮成熱呼呼、香甜甜的紅豆年糕湯，或烤完後加入香菇海鮮青菜等香味四溢的雜煮年糕湯來吃。

煮成甜的：

日式紅豆年糕

煮成鹹的：

日式雜煮年糕湯

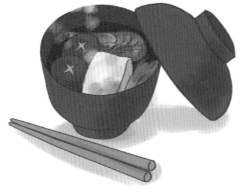

把附有年神力量的鏡餅吃進肚，保佑一整年身體健康頭好壯壯有元氣的好兆頭。

不管是作成甜的還是鹹的，寒冬裡來一碗熱呼呼的年糕湯，滋味棒透了♥

畫這一篇搞得自己現在非常想吃年糕，希望大家也有被害到！（喔～不是XD）

好軟Q喔！

好吃～

新年大不同
習俗篇

歡天喜地賀新年，這篇來說說台灣跟日本的新年，從除夕那天一直到過完年，
各自的傳統習俗又有哪些有趣的不同呢？

台灣：全家吃團圓年夜飯

農曆 12月31日 台灣

團圓年夜飯

進寶招

大人打麻將

小孩放鞭炮

熱鬧騰騰，家家戶戶燈火通明的除夕夜。

然後大人打麻將，小孩等著放鞭炮……總之，不能睡，要一起熬夜守歲。

日本：除夕跨年時要吃蕎麥麵

看紅白、聽寺廟的108下祈福鐘聲，沉澱過去的一年，為邁向新的一年準備。

新曆 12月31日 日本

ゴーン 吃～

ゴーン 吃～

12/31 大晦日

聽108次鐘聲

吃蕎麦麵

108次鐘聲，代表人的一百零八種煩惱，隨著鐘聲省思過去的一年，比較安靜而沉澱的除夕夜。

台灣：元旦初一

 農曆1月1日 台灣

新年快樂！
恭喜發財!!

好乖～

跟所有親朋好友拜年，
出門！待客！出門！待客！
非常忙碌的初一。

日本：元旦

新曆1月1日 日本

看日出，元旦參拜。
日本初一的早晨，代
表今年的開始，早起
看日出非常重要。

 初茜（はつ あかね）元旦日出的瞬間

初日の出（はつ ひ で）初次日出

初詣 初次參拜

初湯 初次泡澡

元旦開始，做任何事都是今年的第一次，會加個「初」。
比如：
元旦日出前的瞬間，被日出染紅的天空，叫「初茜」。元旦的日出，叫「初日の出」。
初次的參拜，叫「初詣」。初次泡澡，叫「初湯」。

元旦中午，日本開始吃新年料理。

日本跟台灣一樣，各種年菜也會取諧音或樣貌，各代表吉祥好運的含義。

日本年菜會用四方形的漆木盒子「重箱」來裝盛，搭配屠蘇酒*食用。

*屠蘇酒：日本在春節時喝的一種酒，有辟邪及長壽的吉祥意思。

傳統日本的「御節料理」（おせち料理）看起來五顏六色，非常華麗，
年菜食材代表的吉祥含義：

日本年菜的含意

蝦子
長壽

鯛魚
可喜可賀

小魚田露煮
豐收

鯡魚卵
子孫繁榮

紅白魚板
紅色喜慶
白色神聖

金粟糰
財寶

伊達卷
學問．
品位高昇

黑豆
無病息災

昆布卷
歡喜

好華麗！

台灣：初二 女兒回娘家的日子。

農曆 1月2日 台灣

出嫁的女兒 回娘家

回來了！

- -

日本：初二

新曆 1月2日 日本

初夢（はつゆめ）

1 富士山　2 老鷹　3 茄子

新春好夢好運來！

元旦當晚做的夢，是今年的第一個夢，稱作「初夢」。

「初夢」如果有夢到這些東西出現，代表好兆頭：

①富士山、②老鷹、③茄子。

初夢三大好兆頭的含義為：

元旦晚上，夢中出現這三種東西的話，代表今年就發達好運旺旺來嘍～

因為想要夢到這些好運到，傳統日本習俗是在元旦當晚，
把非常吉利的七福神圖放在枕頭底下。這個習俗實在太可愛啦！

台灣：初三 睡到飽！

從除夕到初二都忙翻，所以初三可以好好調息一番，睡到晚晚再起床，晚上也可早早上床睡覺，總之就是個可以放空，好好休息的初三。

農曆1月3日 台灣

初三睡到飽

呼～

ZZZ

- -

日本：初三 初詣參拜。

新曆1月3日 日本

はつ もうで
初詣
新年参拜

日本新年1/1～1/3.
到神社參拜叫
"初詣"。

奉納

日本新年參拜「初詣」的期間是一月一日～一月三日，「初詣」在這三天內去參拜就可以了。

84

因為工作在日本，所以過年放假是國曆的。
放春節時很開心……

快樂的時光很快的過去，到了一月中旬，台灣的親友開始過農曆春
節，但在日本照常上班的每天都是這個死樣子……

根本人在魂不在啊～XD

每年年底會有很多商店推出傳統日本年菜「御節料理」，
看起來非常華麗，喜慶感滿點。

只是…價格也滿可觀的，這一份要價日幣3萬
（約台幣1萬元）咧！

連迪士尼也推出超級和風的
「御節料理」，米奇跟維尼
熊造型的「重箱」吃完還可
以裝糖果等小零食。

價格這麼高級，到底是什麼滋味呢？要買下去嗎？
咱家大王只說了一句：又貴又難吃！
……是的，小的到現在還是不知道日本年菜是什麼味道～～
總有一天要吃吃看！現在就暫時看照片望梅止渴了！（哭～）

あけましておめでとう

恭喜發財！

あけましておめでとう

跟大家再拜個年，祝各位新的一年大吉大利，好運旺旺來！

大王 台灣初體驗

十多年前，大王曾經到台灣留學。第一次到台灣時——

（至於在下與大王的相遇，則是在這之後好幾年的事了~）

時間：多年前
地點：台灣桃園機場
人物：日本男兒 "大王"

やっと ついた～
（終於 到 台灣了～）

疲れた～
好累～

從日本到台灣語言學校
學中文的日本人, 大王

因為搭的是最晚的班機，一到台灣後便匆匆忙忙搭上從機場到台北車站的巴士，打算到了台北車站再想辦法搭車到語言學校準備的住宿點。

機場巴士抵達台北時已經深夜了，這時大王才發現一個很慘的事實——

本來預計在機場窗口換錢的，但因為一心趕著搭巴士，竟然忘記這件事了……

（也太沒計畫了啊！）

身上沒有半毛台幣、沒有手機，又不大會中文、更不認識半個人，
站在深夜的異國街頭，少年大王陷入初到台灣就得睡街頭的危機
……

急出一身汗後，只好豁出去，想說跟路人借零錢打電話，先聯絡上
語言學校的人再說……

被問到的路人不會說日文，可是看到少年大王很困擾的樣子，於是
很親切的主動詢問需要什麼幫忙。

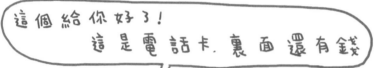

少年大王得到救命的電話卡，還來不及道謝，路人就離開了。

在完全陌生的國家，遇到這樣無求回報的親切幫助，讓少年大王對
台灣的第一印象非常深刻……

站在深夜的台北車站廣場，還不大會說中文的少年大王卻感受到跨
國際的濃濃人情味，心裡是暖暖的，鼻子有點酸酸的感動著。

之後使用救命電話卡聯絡上了語言學校，順利安全到達了住宿地點。

大王說，那次覺得台灣人怎麼這麼溫暖……
之後的留學生活，更感受到台灣街頭巷尾及台灣朋友們可愛的濃濃
人情味，不由自主的喜歡上充滿人情味台灣了起來……

原來外國人也能感受到台灣濃濃的人情味啊!

太好了!

覺得心中暖暖的～

提起這件往事的當下，剛好跟大王回台灣，在逛夜市中→

啊! 我要吃草莓!

草莓

一好啊!

一盒100元!

漂亮的阿姨，我是外國人，我沒有錢，可以便宜一點嗎?

咦!?

拜託～

好啦～
要介紹朋友來喔!

完全 融會貫通 台灣人情味的大王…

不可思議的台灣馬路

大王初到台灣留學時，想說到處走走看看，多體驗台灣當地生活……

留學時期的大王

↓

台灣探檢しよう！

來探險台灣吧！

わくわく興

卻被一個景象震驚到——

原來是被馬路上超龐大的摩托車陣容嚇到了。

超多摩托車並肩排排站，可以說是在台灣才能看到的特殊景象，大
王覺得非常不可思議……

看到旁邊的路人一個個都是直接越過車陣到達另一邊的，
大王也想說，那就入境隨俗跟著走過去。

被龐大摩托車陣嚇到，
穿越車陣時腦袋一片空白的大王...

結果……

要過去...

無理やん...
死ぬやん...

這...
這一定会死喔...

(因太驚嚇亂闖)

死んでまうやん～

這一定會死啊～

初次穿越馬路的大王，驚慌失措的亂走一通，嚇得機車騎士紛紛煞
車，大王自己也飆出了一身冷汗，好佳在有驚無險！
在那之後，大王再也不敢隨便穿越馬路，都乖乖繞到有斑馬線的地
方才過馬路。

多年之後，跟大王要一起過車陣眾多的馬路口時⋯⋯

他不但學會精準抓住穿越馬路的最佳時機，還可以健步如飛、兩三
下就飛快的到達馬路的另一頭了⋯⋯
是說，您是不是忘了妻小啊！大王～（呼喊）

公車公車
不要跑啊～

大王剛到台灣的那個年代，台北還沒蓋好捷運，留學生的大王得搭乘公車到語言學校上課。

初次在台灣體驗搭公車，

大王覺得很新奇。

台北123公車

台灣的公車
有一點點不同耶。

嗶～～～

=3

楽しそう！
好像滿有趣的！

在日本等公車的話，只要站在公車站裡，那一線的公車就會主動停下來載乘客。
關於台灣的食衣住行，大致有做了功課的大王，看到公車一來，還是很入境隨俗的趕快舉手示意要搭乘。

不料公車居然過站不停，火速的開過公車站，從大王面前飆速離去……

大王疑惑了一下下,一回頭看到第二台「同樣路線」的公車即將到站,也來不及多想,便趕緊舉手招車……

第二台公車居然也無視乘客存在,
再度過站不停,揚長而去～

覺得連續兩台公車都過站不停也太誇張的大王,直覺的追著公車
跑,不知不覺離開了站牌⋯⋯

跑了一下下，大王回頭一看，居然看到第三台公車遠遠駛來，就快到站牌了……

大王想著：為了準時到學校上課，第三台公車絕對不能錯過！

千鈞一髮終於趕上，第三台公車也終於停靠下來，大王順利搭上了車。

總算趕上了…

上車後慌慌張張的掏零錢，但不知道該投多少錢，
加上中文也還不好，不知該怎麼問司機先生……

向來冷靜的大王
頓時腦中一片空白……

投 錢

好…好的…

啊…

いくらだ？？
要投多少錢呢？

やべぇ～
糟糕了～

急忙～

慌張！

不知道台灣的公車會突然加速行駛，
習慣日本公車緩緩行駛的大王也來不及抓穩，狠狠地摔了一大跤！

炸裂的大王經過這次體驗，

決定今後再也不想搭公車了……

※多年前的台灣公車很常發生橫衝直撞的情形，
在下也曾因公車猛踩煞車摔出座位摔倒，拄了一個月拐杖上下班！

痛い～台湾のバス. 大 嫌い～

痛啊～ 台灣的公車 我討厭啦～～～

台北123公車

嗜～

=3 =3 =3

↑
之後提到 公車 都會一臉大便的大王

最近這幾年台灣的公車服務品質，改善很多了，
很盡責跟注意乘客安全的好心司機先生也大有人在。
不過還是要在此提醒大家，搭乘公車時，
一定要要小心抓穩站好，安全第一啦～

大王買車記

多年前,與在下相遇之前的大王,為了學習中文,遠從日本飛到中國留學。
少年大王的留學生活,一開始在中國大連開始,後來到了廈門,最後輾轉才到了台灣。

從此展開大王
在台灣的生活大體驗。

ニーハオ。

你好。

原本還算正常日本人的少年大王,到底是經過哪些台灣文化洗禮變成現在的台灣魂大王來的咧?

少年大王體驗了幾回台灣公車的自由風路線服務後，毅然決定要去
買台機車代步。
但樣樣都得節省的貧窮留學生活，買機車是一筆相當大的支出。
走在路上的大王發現台灣也有「中古機車」這樣的商店，價格相當
平易近人。

台湾も中古バイク屋あるんだ
しかも多い！
台湾也有中古機車店耶，而且好多喔！

中古什麼的，
是留學生的好捧友！

接下來好幾天，物色了好幾家中古車店，卻始終下不了手……

好貴……

店裡看起來又酷又炫的機車，通通價格太貴買不起。

終於看到一台，看起來還可以騎，重點是價錢超級便宜，只要八千元台幣！

成功買到機車的大王，隔天興沖沖的騎出門，準備在陌生的台北街頭趴趴走，來個台北城大探險。

行こうぜ！
セバスチャン！

出發吧！賽巴斯欽！

給机車命名：
賽巴斯欽

可以騎就好.
粉紅色也OK啦！

有菜籃也方便啦~

發現台灣的道路跟日本不大一樣，是照順序排列的，很簡單易懂，按照住址找地點非常方便。

喔喔！台灣的道路配置像棋盤一樣好簡單.而且地址好好找喔！

← 中正路二段

128号 / 126号 / 124号 / 122号

中正路一段 →

137号 / 135号 / 133号 / 131号 / 129号 / 127号 / 125号

台灣 的 地址 → 照 路 名 排序 → 簡 單 易 懂

日本開發較早，地址是照街區，依照地址找路實在很難。

○○町 3-7？

○○町 2-2？

○○三丁目？

○○一丁目？

日本的地址 → 照街区順 → 非住民会找不到…

騎著小鐵馬在台北街頭的大王，突然發現：

嗯？
那是？

還沒拿到台灣駕照，要是被抓到就慘了！

條子啊！
塊陶～～

等等！原來你沒駕照嗎!?

欸嘿！

嘿個屁～

（to 親愛的警察杯杯～這裡一切是虛構劇情，如有屬實，那…那…那……都是假的！）
抱歉，小的擦個冷汗，繼續下去～

觸犯國際駕駛法的少年大王，眼尖的瞄到遠方的道路正在臨檢，立刻拐彎繞進巷子裡……

意外發現小巷道別有洞天後，少年大王每天下課後沒事，就騎著粉紅賽巴斯欽在巷道鑽來鑽去探險，漸漸在留學生中獲得「巷子王」的尊稱。

得到「巷子王」稱號的少年大王，某天依舊騎著賽巴斯欽趴趴走時——

大王想著：
這下子只有被遣送回國，搞不好還誤觸國際什麼
法的被關起來也不一定……

結果警察杯杯看了大王的證件，知道是中文不大會說的外國人後，
只好先放他走了……

經過此事，深深反省的少年大王，
決定立刻去考台灣駕照！

靠左走，靠右走？

不想欺騙好人警察杯杯，大王決定來去考台灣的駕照。

嗯...大概是這裡吧？監理所...
まぁ,免許センターみたいなもんか？

不想欺騙好人警察杯杯,大王決定自首考台灣駕照

p.s.那時國際駕照變更的相關法規還沒有，所以外國人不管是否已經有駕照，要在台灣本地合法駕駛，一樣得通過考試取得過台灣的駕照才行。

在日本，駕照可以拿來當身分證明時使用，反而並沒有「身分證」
這種東西。

台灣有"身分証明"專用証件

身分證

身分証
姓名 ×××
出生年月 ×××

專為"身分證明"時使用，
沒有別的功能。

沒有別的功能？那不是很浪費政府資源？
也倒是沒有這樣思考過…

日本沒有身分證，
一般使用以下證件來
證明身分：

駕照 or 健保卡

護照 or 住民卡

?

一般會拿駕照或健保卡，再不然就是護照或住民證來當身分證明時使用。
大多數人就算不開車也會考張駕照，兼具當身份證明時使用。

當初到日本沒多久，不知道日本沒有身份證這件事，還傻傻的帶著
「台灣的身分證」去辦一些手續，差點氣炸大王……

你怎麼會拿台灣的証件啊？
這裡又不是台灣，當然無法辦理！

啊他寫"身分証明"啊，不就是"身分証"？

還能有什麼？！

アホか！

護照啊！
你是笨蛋嗎？

啊對後…

而且照片也太醜了吧！

無法回嘴…

講到不同點，日本跟台灣車子的行進方向是相反的！
台灣車輛要靠右走，日本則是靠左邊走。

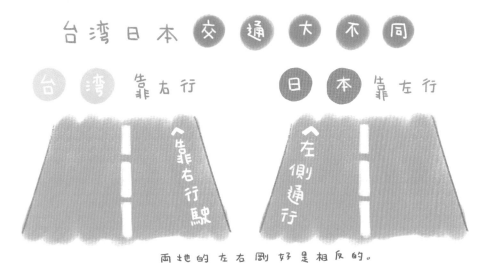

兩地的左右剛好是相反的。

曾經有一次要過馬路時，因為習慣先看左邊來車，差點就要跟未來
人生說掰掰了……

真是太危險了，大家到日本時，
過馬路也一定要小心左右都看再過喔！

在台灣過馬路先看左邊，再看右邊。　　　　　在日本則要習慣先看右，再看左。

 先看左邊再看右邊

日本則要忘記這習慣，
左右顛倒過來才行。

台灣 過馬路：
　　先看左.再看右

日本 過馬路：
　　先看右,再看左。

從沒想過小小的生活習慣，也都跟文化大不同息息相關啊！

關於日本靠左行走的由來，大家想得到原因嗎？
居然是因為──

武 士 刀

嘿呀！

大約在江戶時代的日本武士，
為了右手能夠快速取刀，把武士刀配放在腰部的左側——

1.

2. 有殺気！
右手準備

3. 可以迅速拔刀

大家可以檢視一下現在動漫裡的武士角色，武士刀是畫在哪一邊的呢？
沒有意外的話，大多是在左邊的喔！

劍心♥
刀插在左邊

阿銀♥
刀插在左邊

索隆♪
↑例外的三刀流
（《航海王》的索隆倒是獨包的
三刀流，不算一般就是了～）

當大家都把很長的武士刀插在左邊,那走在路上就會像這樣:

隨便擦撞到刀子,都會來一場你死我活的大砍殺,真是太可怕了!

於是漸漸演化出行走方向統一的規範,大家通通靠左邊走,就不會撞到武士刀了!

後來日本從英國引進了交通法規，剛好也是靠左行駛，於是一直沿用到現在。

喂～

おい～

我的故事還沒講完啊！

呼～

講著講著，
居然還沒講到大王是 (驚！)
怎麼考台灣駕照的！？

休息一下，讓小的下一篇繼續道來～

宇宙小劇場

宇宙變臉篇

① 宇宙表情超多的，想吃飯時：

飯飯～

喵～

萌萌的宇宙

啊，飯飯嗎？
好乖～

② 想要一起玩時：

快過來啦～

喵噢～

←有點不耐煩

③ 想要開門時：

喵喔！喵喔！

快點開門啦！

好啦～

不耐

一下進來一下又要出去～

④ 宇宙便便後：

噢嗚！

好臭！

被自己的便便臭到是怎樣！

120

來去考駕照

大王搭著公車，順利到達考駕照的地方。

在考試之前，大王稍微瞭解了一下台灣的交通規則，原來大部分都跟日本相同，於是趕快來報考。

要取得的是50cc機車駕照，只需要筆試就可以，所以簡單完成報名手續後，就直接開始考試了。

大部分的中文都已經掌握，加上交通規則跟日本差不多，輕輕鬆鬆的填完考卷，再來就等駕照核發下來囉……

心裡這樣打算著的大王，駕照考試的結果：

原來駕照的考題裡，滿多題是需要仔細判斷的「陷阱題」，對還在上課學中文的大王來說有點難度……

（加上以為跟日本規則雷同，就快速的寫完考卷交出了……）

但想要在台灣騎車自在的到處晃，也敗了二手車，無論如何拚了命也要通過駕照筆試才行！於是，大王買了市面上的駕照考題，用力給它K下去！

一週後，
再度殺到監理站報考駕照。

這次大王知道要注意陷阱題目，小心作答了。

考試的結果──

等了一下下，準備去櫃台領駕照時，發照的人看到大王的資料，洶
洶想起來跟大王說：

可憐的大王，原來根本可以看中翻日字典！！

外國人可以翻字典的說。
外國人可以翻字典的說。
外國人可以翻字典的說。

…

幹…的好

大王 神領悟
台灣國粹的 瞬間…

從此之後，大王對「台灣國粹」徹底融會貫通，
沒過多就達到一個出神入化的神魔新領域了……

順利取得駕照,如願在台灣巷弄趴趴走的大王

嘿 嘿！

跟朋友借的車→

←騎車時會腳開開的
標準 台客風大王…

彩虹色頻道

在台灣留學時代的大王，後來經過朋友幫忙，順利跟一個台灣朋友
分租到房子，雖然比較簡樸，但也總算有個住處了。

住在舊公寓的2樓

へぇ——
台灣住家是這種感覺啊~

嗯~鐵格子窗戶超多，
跟香港很像呢...

中文還不好的大王，勉強用單字加比手畫腳的跟室友溝通。

非常熱心的室友「大管」，隔天和大王說：

大王拿著手電筒，跟著大
管走出門口，大管突然就
爬出窗外……

看到大管身手俐落的對著電纜動手
腳，暗暗覺得一定是不好的事！
嚇出大王一身冷汗。

129

只見他三兩下就搞定大王的破爛電視，變成有豐富多頻道的第四台。

隔天上午，大王不放心的出門去檢查大管的「開外掛」是否會被看出來。

看到家家戶戶幾乎都加裝了各式各樣的接收器，初到台灣的大王對這樣的台灣裏文化有很多的不解跟疑惑……

※那個時代偷接別人家第四台似乎很是普遍，所以電纜線上都掛滿「外掛器」。當時的大王有點被震撼教育到。

過了幾天，大管說：

......大王你......（嘆～）

詳問大管後才知道要去買一個叫「解碼器」的終極外掛，據說就可以看到傳說中的「彩虹色頻道」。（嘖耶～XD～）

於是室友帶著大王去師Ｘ夜市，買到了傳說中的終極外掛：

又過了幾天，大管問：

大王愛上台灣的瞬間

本來……在下是想說，
大王當初到台灣應該就像在下一樣，對不同國家有一些新體驗，何況台灣人情味特別重，可能會有些有趣、有些感動的回憶……的說……我錯了～！！

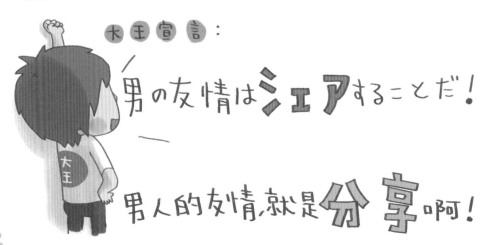

最愛台灣味

某次跟大王一起回台灣的時候，問大王對台灣的食物有什麼感想……

只見大王想了想，突然激動地說：

想起来了！有一個食物…

那個完全是奇怪

（大王式中文經常多了是）

「台灣的臭豆腐！那麼臭，臭到完全不覺得是食物，到底有什麼好吃啊！」

以前有試著嚐過臭豆腐的大王，他說吃入口後，在嘴裡擴散開更強
烈的臭豆腐獨特的發酵味，讓他成為夢魘，從此遇到臭豆腐就退避
三舍……

臭豆腐

くっさー

臭死人啦～

文化衝擊

P.S.臭豆腐與納豆同為發酵品，都臭臭的，但因為臭豆腐有
加熱過，所以那個阿摩尼亞般的臭味比納豆更是強烈。

被臭豆腐嚇到過的大王，從此痛恨臭豆腐，遠遠看到臭豆腐店都
會直接繞路走。

但是……

連要繞路走都沒輒了…

大王無力的表示：
不懂台灣人為何這麼愛吃臭豆腐啊～～

這麼說來，注意觀察一下，發現街頭的臭豆腐店好像還真的滿多的
耶！！！（驚～）

137

為了轉移大王注意力，繼續問大王最常吃的台灣食物又是什麼呢？
大王才恢復一點元氣，說：

我喜歡⋯⋯ 煎餃

配白飯！

以前在台灣當留學生的時候，最常吃Ｘ方雲集或Ｘ海遊龍的鍋貼
（日本的叫煎餃），然後⋯⋯配上一碗白飯，當成配菜來吃！

（再度驚～～）

關西人特殊吃法：

澱粉 on 澱粉

大阪燒⋯ 配白飯！
章魚燒⋯ 配白飯！
拉麵⋯ 配炒飯！

超有飽足感，窮學生最佳朋友！

雖然知道在日本會這樣吃，但把Ｘ方雲集或Ｘ海遊龍的鍋貼當成日式煎餃，照樣配碗白飯來吃，還是覺得太不可思議了⋯⋯

大王補充說，不過也不是全部日本人都會這樣吃，這種「澱粉類配上澱粉類」的吃法，是日本關西人的特別喜好。因為便宜、又可以吃很飽，年輕學生時代就很經常這樣子吃，都吃到習慣了。

在下也吃過大阪燒配白飯，甜甜鹹鹹的大阪燒醬汁加香香的柴魚片跟美乃滋，跟熱騰騰的白米飯還滿配的，下次有機會大家記得試看看這種吃法！

才說完懷念的食物，大王又陷入回憶，表情凝重的說：
還有啊，一直想不通台灣食物，什麼都要加上「香菜」！？

到底是為什麼？這樣不就什麼都變成香菜的味道了嗎！？

還在學中文，說的不是很順的時期，在外面吃飯最苦惱的事，就是來不及說出「不要香菜～」這句話， 老闆已經全部加入香菜了……

中文還不好，不大會跟老闆說幫他拿掉，只好默默接受……

然後含著淚，把香菜
一片一片慢慢挑揀出來才能開動……

聽到大王這樣慘烈的過去，雖然在下個人覺得香菜其實滿好吃的，
而且跟什麼都很配呢！但還是冒著汗一邊安慰大王，一邊問大王心
中第一名的台灣食物又是什麼呢？

大王才終於展開笑容說：覺得最喜歡的台灣食物是——

雖然日式豬排飯也很好吃，但台式排骨飯香噴噴又外皮酥脆到不行的排骨非常下飯，每次到台灣都要大吃特吃排骨飯，才能心滿意足的回日本。

這麼一說，讓我忽然想起一件事來⋯⋯

多年前，有一次終於有機會跟大王一起回台灣過年，結婚前從來沒機會帶大王回家打招呼過，這一次是第一次帶大王回家見咱家阿母。

事前知道大王要一起吃年夜飯，阿母特地準備了一桌豐盛的年菜，烏骨雞、佛跳牆、燒酒蝦⋯⋯等等。

知道阿母這樣為了連見都沒見過的女婿費心準備，突然心裏暖暖的，覺得很感謝阿母。

看到阿母夾了一隻炸蝦放到大王碗裡，跟大王說趁熱吃，更是一陣鼻酸湧上來，差點就要掉出眼淚了⋯⋯

沒想到大王說：

吃完年夜飯，
非常謹慎的把紅包裝的厚厚的才敢上貢給母親大人……

我的
驚慌阿母

我們家阿母很經常為了一點點小事就嚇好大一跳,突然響起的手機聲、不小心手滑掉到地上的雜誌,甚至連踩到毛絨絨的襪子都會嚇她好大一跳。

哇!瞎咪啊!?

踩到毛絨絨的襪子
嚇一大跳的阿母 →

驚馬!

小時候常常因為害她嚇一跳而被揍～

前幾年回國，一家正在吃飯，妹妹想到隔天要穿的制服而提醒了一下阿母。

沒想到，這樣也會嚇她一跳還打翻碗……

媽，我明天要穿体育服喔！

啊可！！

怎啦？

石旁！

突然想起事情也会大驚慌的阿母

妹妹一跳

（被阿母突然的大叫也嚇一跳，嚇一跳連鎖家族……）

這樣的阿母，有天心情好正在街上蹓躂時……

我騎著一部小單車呀♪
在那青青草原上♪

經常騎著腳踏車到處走。

啊!電話!

誰呀?

媽,我芳宜,
剛在學校昏倒,
老師送我到醫院檢查,
說有一點貧血。

媽妳可以來接我回家嗎?

目害!?⊙×△×○~

陷入大驚慌的阿母 →

接到妹妹在醫院的電話,嚇得阿母驚慌失措,
一心只想趕到醫院去,於是一路狂飆……

千萬不要有事啊

飛大奔

=3

嘰

芳宜啊啊啊啊啊

唧

米"芳宜

驚慌阿母飆車大暴走!

心急之下，慌張中的阿母居然把車騎進逆向街道！

（雖然是小巷子，但還是太危險了！知道後好好的跟阿母說教了一番……）

在巷道的另一頭，正在停車準備卸貨的小貨車：

打開卸貨車門的瞬間，車門打到剛好衝出來的阿母……

被撞倒在地的阿母，雖無大礙，但是手臂有點腫起來。

卸貨的小哥一直道歉，也好心的要帶阿母就醫檢查……

聽到醫院，想起妹妹芳宜的事，也顧不得自己的疼痛，趕緊騎上腳
踏車，繼續往醫院奔去……

一口氣趕到醫院，看到妹妹跟正在等候的醫生……

一‧把‧推‧開‧妹‧妹……

跟醫生哭著說，要他趕緊檢查看看手臂是不是斷了的阿母大人……

（荒宜，妳姐我替妳默哀一下……）

檢查完，還好阿母手臂只有擦傷，很快就好了。但交通安全要遵守，大家也一定要小心喔！

檢查後知道手臂沒事，芳宜也只是輕微貧血，稍作休息後就好。放心的阿母，交代荒宜休息一下後，就自個兒慢慢走回家先。

幾天後，又一尾活龍的到處啪啪走了……

雖然很噁賴，還是要跟阿母說一聲：
媽～我們永遠愛您！

母愛超級偉大，也祝天下所有媽媽都健康快樂！

ㄟ，奇怪捏～
不可思議
台灣疑問集

日本同事之前到台灣旅遊，回來後問我一些關於台灣的有趣問題。

台湾って、いろいろ不思議だね
おしえて～

關於台灣，
有些不可思議的
疑問，
請告訴我～

是喔、

好哇～

後來也發現其他日本朋友對台灣有趣的疑問，
這一篇就來跟大家分享一下～

台 灣 疑 問 集

台灣疑問集：

紅綠燈裡的小綠人篇

日本：

為什麼台灣的綠燈秒數倒數時，標誌會變成快跑快跑，是叫大家快跑的意思嗎？

看到小綠人認真的跑，覺得很有趣！（日本是普通的行人標誌而已，不會跑……）

台灣：

以前的行人號誌燈只有顯示小綠人燈號沒有倒數秒數，有時候過馬路走到一半突然變紅燈，真的好危險。

現在有倒數秒數後，就不用這麼匆忙的過馬路了，感謝發明的人！

對對對對對篇

日本：

為什麼台灣人表示同意的時候，會快速而且連發的說：「對對對對對……」呢？ 在旁邊看覺得很不可思議呢！

台灣：

因為台灣人很麻吉，心有同感的時候會激烈的表示：

「哇哩咧！不能贊成你更多！！」，所以就會「對對對對對……」連發到不行。

反而可不思議的是：為什麼日本朋友在被誇獎的時候，會「不不不不不……」的連發呢？

日本人

真的是太謙虛惹啦＾＾

疑問

台湾人が"對對對對對……"を連発するのはなんで？

對對對對對 就是那樣！

對啊！

不思議～

解答

それは、台湾人の特徴。とりあえず仲がいいです！相手と共感したことを激しく賛成！からと思います。

對對對對對～～

啊哈哈哈！麥擱共啊！
笑到肚子痛了啦～
←感情超好的～

逆に、不思議だと思ったのがなんで日本の方はほめられると、いいえ いいえ いいえ ～～を連発するので謙遜ですばらしい民族だなと思う。

いいえ いいえ いいえ 私なんかとんな～

↑美人なのに、ものすごく否定する

153

顏文字篇

日本：

台灣人的LINE裡常常出現ＱＱ啊？是什麼意思呢？

偶爾也有ＴＴ……

然後也很常看到ＸＤ或ＸＤＤＤＤ……

常常在想，那是什麼意思呢？

疑問

line に，台灣人 みんな が よく QQって 使ってるが，それは どういう 意味なの？

XDDD… とかも…

99って なんだろう

穿夏威夷襯衫很有Fu 的日本同事 N先生

台灣：

原來日本的顏文字跟台灣使用的略有不同，日本同事對XDDDD一直是滿頭疑問，不知道那是什麼意思……！？

解答

日本人　XD？

WWW？　台灣人

日本．台灣 顏文字大不同

顏文字	日本	台灣
笑容	WWW	XD
掉淚	(´;ω;`)	QQ
哭哭	(T_T)	TT
疑問	(@_@)	@@

KTV篇

日本：

為什麼台灣人在KTV唱歌的時候，有的人在聊天、有的人看手機或點自己的歌，看起來不專心聽別人唱歌呢？
然後，大家都「插播」又是為什麼呢？

P.S.日本的話，會大家專心聽，點歌也是一人輪一首，不會一個人一次點好多首耶！

台灣：

因為大家都很自在呀，是去開心玩樂，也不大有人會在意，很輕鬆愜意呀！啊～不過唱完了，大家一定會記得用力給他拍手啦！

蔬菜or水果篇

日本：

在台灣，「小番茄」為什麼跟草莓一樣算水果咧？

小番茄在日本是蔬菜耶，跟小黃瓜一樣是蔬菜類才對呀！？

疑問

日本では 野菜 感覚の プチトマト．
台湾では 果物 なの？
？
プチトマト＝小番茄

解答

日本：プチトマトは 野菜
小番茄是蔬菜，加在便當裏．
當生菜沙拉食用。

台灣：

在日本小番茄常當生菜沙拉吃，所以到台灣看到我們跟水果一起端出，或在夜市看到糖葫蘆包小番茄，好像都覺得很不可思議^^;

下次可以推薦日本朋友，試試我們的台灣味經典吃法——「小番茄夾蜜餞」看看！

台湾：プチトマトは 果物
小番茄是 水果，夾蜜餞超美味♥

プチトマトをちょっと切って，

蜜餞 という，漢方で漬けた
台湾式ドライフルーツをプチトマトで挟む。

小番茄夾蜜餞 デザート感覚で。
台湾流な食べ方です。

なるほど～
台湾、おもしろいね！

原來如此.
台灣真有趣捏！

真的耶！
原來這麼不同～

台灣疑問集，除了趣味之外
也希望有回答到
我們可愛日本朋友的疑問，
下次有其他發現再來跟大家分享了～

對對對對對！

WWW XD

宇宙洗澡篇

① 宇宙很討厭洗澡,每次都要一場大戰...

洗澡洗澡

慢慢移動到浴室...

喵?

② 先是不爽的抗議

喵嗚~喵嗚~

你做什麼!?

虧我那麼相信你!

③ 然後驚慌大逃亡,一直到結束...

嗷嗚 ~~~

殺人呀要死了!

哇!

④ 宇宙洗澡前後:

洗澡前　　洗澡後

台灣伴手禮大推薦

想送日本人特別一點的禮物，該送什麼好呢？
鳳梨酥、台灣茶送到有點膩，想送點特別的！

台湾のお土産 オススメ

台湾セブンイレブンから生まれた
                        マスコットキャラクター

OPENちゃん
OPEN 小將

かわいくて、
とにかく台湾人に
愛されてます♥

台湾の国民的キャラクター
OPENちゃんがオススメ！

台灣伴手禮大推薦：

OPEN小將周邊商品

台灣7-11獨創的可愛角色「OPEN小將」，對日本朋友來說很稀奇。還有人對OPEN小將一見鍾情，驚呼：「從來不知道台灣當地角色這麼卡哇依！」

OPENちゃん グッツや コラボ商品が
台湾全国セブンイレブンに 販売されています。

台湾7-11

OPEN小將

OPEN!

超療癒的「OPEN小將」，推薦給要送禮的各位參考♪ㄟ(*´▽`)ﾉ~

OPEN小將
可愛捏♥

肉燥米粉泡麵

簡單重現道地的台灣味，台灣獨特的肉燥米粉泡麵，日本朋友吃起來都覺得很有亞洲食物的香辛料香味，很有特色也超級方便，送給日本朋友歡迎度頗高。

肉燥米粉

肉燥醬

肉燥米粉

加上肉燥醬罐頭，台灣味更是一絕！

これが
台湾屋台の味か♥

（這就是台灣味咮♥）

あっさりで
スパイスも效いて、
おいしい〜

口味清爽
好好吃〜

吃過的日本朋友，個個都讚不絕口。

最後大推薦的是

神奇捕蚊拍

大王也超推薦的捕蚊拍,覺得
是目前為止台灣最棒的發明!

電蚊拍

電擊 蚊取リラケット

台灣
超便利グッツ!

台灣超便利商品!

有到台灣夜市一定會尋找捕蚊拍的蹤跡,買個幾支回去分送給親朋好友們。

啊 嘞?電壓 沒有問題嗎?
小 Baby 什麼的會不會受傷啊?

有
點
粗
糙

抱
歉~

小
Baby
不
行
啦!

忘記安全問題

P.S.對外國人朋友可
能需要說明安全等問
題先,小的當初送電
蚊拍給日本朋友,當
下就有點糗⋯⋯
(還好他們家沒有小
Baby,只是好奇有無
安全問題而已,後來
非常開心的拍照秀給
朋友看神奇電蚊拍~好
險好險!)

以上台灣伴手禮大推薦,贈送海外朋友不知道要送什麼的時候,
不妨參考看看嘍!

台灣奇怪現象

以下為真人實事：
有一位叫N桑的日本朋友，因為工作的關係滿常需要到台灣出差。

你好！

會一點中文的N桑

但是在台灣的會議，很經常發生這種狀況：

約定好10點開會.
時間到了人卻還沒到齊...

N桑老是第一個最準時準備好到會議的人。會議時間到了，開會的
人卻經常還沒到齊……

然後，私下的吃飯聚餐，跟台灣朋友約好時間，N桑準時到達餐廳時，也總是最早的一個……

（嗯～有點可以想像……吃飯遲到一點點沒關係ㄇ……）

在日本人眼中，台灣的奇怪現象之一：

台灣奇怪現象

不準時！

對守時的日本人是頭大的問題

在台灣的話，約定時間的前後10分鐘，還算準時的範圍內，但對約定好時間就要好好遵守的日本而言，會覺得不大能理解。

N桑說，
經常看到台灣的路邊
情侶吵架──

然後……

日本人眼中，台灣的奇怪現象之二：

見到火力全開的台灣女生，心中留下一點點陰影的N桑……

單身的Ｎ桑，有次在台灣公車上看到一個非常可愛的台灣女生，並且很幸運的坐在他的隔壁座。

Ｎ桑正暗暗心中小鹿亂撞的時候……

吃完肉包，鄰座的女生展開滿足的笑容。覺得她吃相也很可愛的Ｎ桑，臉紅心跳了一下。

差點被女孩可愛模樣迷倒的 N 桑，忽然聽到……

可愛女孩當著他的面，
打了一個超級大飽嗝～～

←N桑還沒開始
就已經結束的恋情

如果真的忍不住要打嗝了，可試試稍微摀住嘴巴，並記得小聲對旁
邊的人說：「抱歉，失禮了！」簡單打個招呼，表示一下歉意乙。

P.S.回想一下，這10年間，
還真的沒見過大王
打過一次飽嗝耶！
我自己是常打啦…
(羞)

呼

可以不打嗝，算你厲害

※在日本，如果在人前打飽嗝、可是會被厭惡的舉動
喔！據說，是會令人感到不悅到極點的社交禁忌。

特別收錄 大王與我之十週年番外篇

一萬個讚就買給妳！

就跟大王即將進入十週年的前幾天，（十週年耶！）這麼盛大的里程碑，
有個十週年紀念禮物該有多好！
幻想著未來老夫老妻時，看著紀念禮物，想起當初結婚十週年時……

真是太～～浪漫了啊！！！！

（而且沒有比這個更威猛的敗家理由了吧！？）

在很多很多年以後：

啊啊啊老伴，妳還記得這東西嗎？

當然，這是我們結婚10週年時你送的紀念禮物呀

一個什麼 →

真是懷念～

美好的老夫老妻想像圖

有了這麼棒的敗家合理化藉口，事不宜遲，火速決定了結婚十週年的紀念禮物，是肖想了Ｎ年的一款手提包！

結婚 10週年之紀念包包！

金鑽石恆永遠，一包永流傳！

嗯～為何是包包呢？這個嘛……
當女人陷入「選一個紀念禮物」模式時，重要的是「送禮物」這件事，邏輯性、合理性、實用性通通不重要，女人是靠「感覺」在選禮物的，靠的是「**感覺**」！XD～

於是，趕緊跟大王獻殷勤……

捏捏～結婚10週年.10週年了耶！

嘿嘿～

然後呢？

果不其然的，被小氣大王一掌推開……

既然大王在打遊戲不宜打擾，那就用LINE說，
還順便傳了包包的圖片……
不忘修個美美照，強調一下可愛的妻子～XD

而大王不愧是大王，就算是十週年這個威猛招牌也一如以
往的連頭也不回，看起來一點也沒有動搖……

再 接 再 厲

難得10週年耶～
看在你嬌妻不離不棄的份上
買個包包…

哎呀～～

甩開!

頭也不回

可惡!這傢伙防備好強～

接接在日本
王上～～～
十週年的包(還在努力不懈中)
十年間的愛提～草民會好好珍惜的啦～～拜託囉～～(求

眼見十週年紀念日就要過了，這這這下很不妙哇～
隔天到了公司，馬上在粉絲團發出求包照，PO上一則訴求
十分簡潔易懂的圖文，為了包包，完全的公器私用，寡廉
鮮恥，面子拋腦後的拜偷著。

大概是太卑鄙、太悲情了，粉絲大爺們幫忙求包的留言湧
入，還有好人發揮大愛精神貼到大王版上去給他嗆聲。

過了一會兒，就見到大王親自來版上發佈聖旨——
發佈了這則內容：

林北 大王 ■～
有1萬個讚就買給你
いいね!・返信

這就是此全民事件之源頭

節錄精采鄉親同胞們的回覆：

見到紛絲們紛紛回覆給他買下去的意見一面倒，大概大王深覺不妙，於是回到自己版上留了以下這一則文——

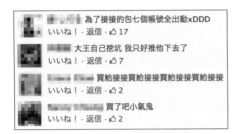

為了接接的包七個帳號全出動xDDD
いいね！·返信·👍 17

大王自己挖坑 我只好推他下去了
いいね！·返信·👍 7

買給接接買給接接買給接接買給接接
いいね！·返信·👍 2

買了吧小氣鬼
いいね！·返信·👍 2

林北 大王

幹~大家不要按讚喔~

已按XD
いいね！

誰鳥你 就是要按
編集済み·いいね！

偏要按啊w
編集済み·いいね！

按下去嚕~~(無視
いいね！·👍 1

我得了不按會死的病~~哈哈
いいね！·👍 2

手不小心抽筋點下去讚了
いいね！

我是狂讚士!!!
いいね！·👍 1

快買十週年包!!+1
いいね！·👍 6

我手滑按了ww
いいね！·👍 1

快買十週年包!!!
いいね！·👍 2

快買十週年包+1
いいね！·👍 1

十週年包~十週年包~十週年包~十週年包~十週年包~一定買的阿XDDDD
いいね！·👍 3

這下更不得了，引起熱烈的回應，再度湧進更多的紛絲留言……

你不知道咱們台灣人不能被嗆聲的嗎？（笑翻～）

到了下午，「一萬讚就送你！」的那則PO文，
因為大家的力量，按讚數繼續增加著～

下班時達到6千多，按捺著包包到底會何去何從的忐忑不安，心中不禁燃起一線希望，竊喜之餘，腦中突然閃過一絲念頭：

我是很開心，但咱們大王現在應該不大爽……

預見1. 大王很不爽～（因為被圍剿……）

預見2. 大王很不爽～（因為草民擅自公開這件事，害他被圍剿……）

預見3. 大王很不爽～（因為草民擅自公開這件事，害他被圍剿自然不肯買包包……）

預見4. 大王很不爽～（因為草民擅自公開這件事，害他被圍剿自然不肯買包包，
搞不好將來時不時提起十週年這件事，還要給我嘟嘴鬧脾氣……）

唔…等等！

讓大王不爽 就等於

那慘的還是我啊～啊～啊啊啊……

再見！我的朋友.

很高興認識你

飛！

不妙啊！

（包包你別走～）

越想越不妙，
眼前還是不要讓大王不開心為上策！

於是一下班殺去跨年前的超市（擠擠擠！），花下重金購入豪華大
蝦當跨年晚餐。
快馬加鞭趕回家時已經晚上九點多，衣服都沒來的及換就殺進廚房
洗洗切切準備大餐，忙了好一陣。

幽幽飄過的王上說：

吃完晚餐，開始跨年倒數，這時候按讚數已到達**7980**個讚了，
忍住忐忑不安的心情，跟可愛的宇宙等著玩遊戲，也給大家拜個年～

隔天一早就跳起床看讚數。
這時候到達了8889個讚！
（看看多麼吉祥！發發發很久哇呵～）

101,504人がこの
いいね！8,889件

いいね！

接接在日本

破...破萬啦!!!!!!!!!
ps.王上還在睡的香甜 不知已破萬之事...（≧▽≦）

102,848人 投稿を見ま...

いいね！1万件 293

いいね！

接著，時間還不到中午，

就・已・經・破・萬・啦！

萬歲！！哇哈！！！
我好愛你們！

大家的反應↓

██ ████ 大王~~破萬了~~^++^
いいね！

██ ███ 大王你GG了XDDDDDD
いいね！

██ ███ 已經破萬了，還在睡啊！
いいね！

██ ███ 大王付錢吧
いいね！

██ ████ 大王你要付錢了！！！快起床ＸＤ
いいね！

██ ███ 大王付錢了~~~起床~~~
いいね！

██ ██ 大王~，一萬個讚了，快起床~~~~~~~~~~
いいね！・👍1

然後，經過王上生了兩天悶氣……（撅了兩天嘴不想說話～）
終於在第二天晚上才點頭答應。

總而言之……

感 謝 大 家

一萬個讚 的奇蹟!

我愛死你們了~!

美 夢 成 真

感謝所有協助按讚破萬的大家～

粉絲大德們一起創造了圓夢大奇蹟啊！

（大擁抱～）

補上傳說中的「1萬個讚就買給妳」之包包實物照（＊’∀‘＊b）

宇宙眼神：
什麼新玩具什麼新玩具，趕快開來玩啦！

MULBERRY

開箱開箱！！

宇宙大人則是看到新玩意兒，立馬跳過來踩住⋯⋯

大⋯⋯大人，小的馬上開⋯⋯

再度叩謝各位粉絲大德，也謝謝咱家大王，
未來十年也請多多指教♥♥♥♥♥♥♥♥

**這就是結婚十週年紀念的包包～
啊呦太開心了，好沒真實感啊！**

**有夢最美，
虛榮草民感恩下台一鞠躬～～～**

後記
感謝各位讀者大人的支持！

いつも
ありがとう～

真的真的
感謝大家！

喵～

← 宇宙也來謝

最後再度感謝各位讀者，
有各位的支持就是最大的鼓勵！

來幕後揭密一下，每篇圖文誕生的過程吧！
首先呢，就是在這個位置上孵蛋構想每篇的內容。

請自動忽略一邊看電視的嚴重bug……呵呵～

桌上那本是愛用的筆記本，右邊貓咪塔則是宇宙大人的愛座。地位的高低一目瞭然是吧……

因為要攤很開，筆記本都會選這種中間有迴圈的。
每天隨身攜帶是重點！健忘人如在下，靈感一現的瞬間沒記下來就錯失了。（汗～）

寫字同時畫出腦中的畫面，同時還要記得搜尋一下內容的正確度，
通常花最多時間在這裡，因為搜著搜著便購物了起來……只能說意
志力超薄弱的啊～

接著把草圖描一次，畫正式的線條。

最需要耐性的過程，一不小心就會發現為了把自己綁在座位上，會放一大包薯片或巧克力在旁邊，等畫完一輪才發覺居然全被我給嗑光光而懊悔不已……

畫好線條後，一張一張掃進電腦上色……

不過為了提高效率，這次挑戰草圖後，就在電腦完成的全電腦繪圖
方式，把掃描機換成螢幕繪圖板，長得像這樣：

全電腦繪圖方式

配備升級後，有種能力也升
等的錯覺，我覺得再也不會
有拖稿的問題了！

（哇哈哈哈～開心的咧～）

接好新裝備，也安裝了新的繪畫軟體，一切準備齊全後，畫沒幾筆
才驚覺，從傳統手繪線條稿一下子轉變成全部電腦繪圖，需要時間
練習，而我也不知為什麼忘記有這階段了……才驚覺我竟然把硬
體、軟體在同時間換掉，實在是勇氣十足啊～～

会不会

太有種啦!?

我到底在想什麼啊～

（痛哭～）

在電腦上畫出的線條慘不忍睹，拿筆
不穩的抖抖手畫出抖抖線，最後完成
慘不忍睹的手殘抖抖圖，好幾個晚上
差點哭出來ＱＱ～

還好編輯大人擔心的關懷了一下，只
好硬著頭皮摸索了幾個禮拜，終於比
較像樣一點，沒度過這一段的話，現
在應該還在逃避跟沮喪的無限惡循環
裡出不來的說！

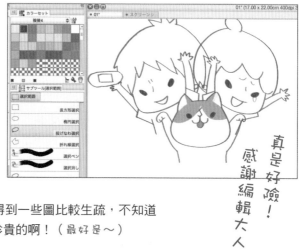

真是好險！
感謝編輯大人～

這本書裡比較早進行的篇章裡，還看得到一些圖比較生疏，不知道
各位猜得出來是哪幾篇嗎？那些圖很珍貴的啊！（最好是～）

從草圖變成完成圖像這樣，大部分是草圖時就有畫面了，不過到
畫完成後才會知道整張圖看起的實際樣子，放在一起看原來是這
樣──

日本寒冬篇草圖：
筆記本上的鬼畫符文字，
超過兩週其實自己也認不
出來ＸＤ

完成：

跟暖桌渡過第一個日本的冬天後，
就再也離不開它了…

暖桌我愛你！

冷爆的冬天待在暖桌內，
真是至高的享受～

台灣味篇草圖：　　　完成：

謝謝，
但我不想吃這個。
有排骨飯嗎？
或是魯肉飯也可以

退回去！

噗咳！

血

掉！

自己也沒有想到，有的很接近，有的完全是兩回事×D

味增湯篇草圖：　　　完成：

因為是台灣味啊！

像這張在畫草圖時超挫的，覺得畫轉角度
真的很不要命了～
（不過就手很賤的想要畫看看……）

合…

合…

合…

合格啦!!

幸好大王很好轉，沒有重畫太多
次就完成了！（呼～）

自己最喜歡的是這兩張，覺得有畫出了新的感覺，超開心的啦！

這張比較難的是角度，頭要有圓圓的立體感，還要有像公仔般的可愛腮幫子，草圖擦到紙快破了才終於有點像樣。

這張也是，想要有心花都開了的FU，先想到的是凡爾賽玫瑰風格，後來才想到畫少女漫畫風，所以就用力的把圖少女漫畫化，但最後能夠完成我也覺得有點奇蹟……（再度擦汗～）

最後還挑戰畫了「很多很多的食物」，我覺得我當時一定是瘋了！

朋友Ａ對那張排骨很有意見，說比較像雞排不像排骨，排骨應該顏色比較深也比較紅，不然畫滷排骨有醬汁感也不錯ＯＯＸＸ，（我記得我都快哭了，然後心中默默安慰自己說，好啦……只是長得比較像雞排的排骨而已，它的本質還是排骨的……）

可以想像創作的人為何都瘋瘋癲癲的嗎？因為身邊的朋友都是瘋子！

（喔不是嗎？好啦開玩笑的，謝謝朋友Ａ幫了超多忙以及提供寶貴的意見了～）

最後還是要再度感謝大家！
有你們的支持與鼓勵，才有繼續誕生出更有趣內容的動力！
希望大家翻起這本書時，嘴角能揚起滿足的微笑，那就真的太好啦！
今後也請多多指教，謝謝大家，我們下次見了喔～～

Colorful 30

接接在日本4

作　　者／接接 Jae Jae
責任編輯／何宜珍
協　　力／潘玉芳
美術編輯／林家琪

版　　權／吳亭儀、翁靜如、黃淑敏
行銷業務／林彥伶、石一志、莊英傑
總 編 輯／何宜珍
總 經 理／彭之琬
發 行 人／何飛鵬
法律顧問／台英國際商務法律事務所　羅明通律師
出　　版／商周出版
　　　　　臺北市中山區民生東路二段141號9樓
　　　　　電話：(02) 2500-7008　傳真：(02) 2500-7759
　　　　　Blog/http：//bwp25007008.pexnet.net/blog
　　　　　E-mail：bwp.service@cite.com.tw
發　　行／英屬蓋曼群島商家庭傳媒股份有限公司城邦分公司
　　　　　臺北市中山區民生東路二段141號2樓
　　　　　讀者服務專線：0800-020-299　24小時傳真服務：(02)2517-0999
　　　　　讀者服務信箱E-mail：cs@cite.com.tw
劃撥帳號／19833503　戶名：英屬蓋曼群島商家庭傳媒股份有限公司城邦分公司
訂購服務／書虫股份有限公司客服專線：(02)2500-7718；2500-7719
　　　　　服務時間：週一至週五上午09:30-12:00；下午13:30-17:00
　　　　　24小時傳真專線：(02)2500-1990；2500-1991
　　　　　劃撥帳號：19863813　戶名：書虫股份有限公司
　　　　　E-mail：service@readingclub.com.tw
香港發行所／城邦(香港)出版集團有限公司
　　　　　香港灣仔駱克道193號東超商業中心1樓
　　　　　電話：(852) 2508 6231傳真：(852) 2578 9337
馬新發行所／城邦(馬新)出版集團
　　　　　Cit (M) Sdn. Bhd. (458372U)
　　　　　11, Jalan 30D/146, Desa Tasik, Sungai Besi,
　　　　　57000 Kuala Lumpur, Malaysia.
　　　　　電話：603-90563833　傳真：603-90562833
行政院新聞局北市業字第913號

封面設計／林家琪
印　　刷／卡樂彩色製版印刷有限公司
經　　銷／聯合發行股份有限公司
　　　　　地址：新北市231新店區寶僑路235巷6弄6號2樓
　　　　　電話：(02)2917-8022　傳真：(02)2911-0053

■2016（民105）2月3日初版　定價280元　　　　　Printed in Taiwan
　　　　　　　　　　　　　　　　　　　　　　著作權所有，翻印必究
ISBN 978-986-272-974-8

城邦讀書花園
www.cite.com.tw

國家圖書館出版品預行編目資料

接接在日本. 4：大王駕到！/接接 著. --初版.--
- 臺北市：商周出版：城邦分公司發行，2016.02　192面；17x23公分.
-- （Colorful；30）　ISBN 978-986-272-974-8（平裝）

855　　　　　　　　　　　　　　　　　　　　105000720

接接在日本 4